KB204025

여우랑 여우랑

여우랑 여우랑

초판 1쇄 2016년 4월 25일
지은이   전정예
펴낸이   김영재
펴낸곳   책만드는집

주소   서울 마포구 양화로3길 99 4층 (04022)
전화   3142-1585·6
팩스   336-8908
전자우편   chaekjip@naver.com
출판등록   1994년 1월 13일 제10-927호
ⓒ 전정예, 2016

* 이 책의 판권은 저작권자와 책만드는집에 있습니다. 이 책 내용의 전부
  또는 일부를 재사용하려면 양측의 동의를 받아야 합니다.
* 잘못 만들어진 책은 구입하신 서점에서 바꾸어드립니다.

ISBN   978-89-7944-544-2 (03810)

전정예 시집

여우랑 여우랑

책만드는집

한 마리 작은 여우가 혼자 외롭게 고개를 넘다가 어느 날 어릴 적 찾았던 고개 너머 외로운 여우가 생각났습니다.

그래서 '여우야 여우야' 하고 그냥 작은 소리로 불러보았더니 뜻밖에도 많은 여우들이 대답을 하며 밖으로 나왔습니다.

그들과 좋은 친구가 된 '여우가 여우가' 도란도란 함께 고개를 넘는데 고개마다 또 여우가 나타나 점점 더 많은 여우 친구가 생겼습니다. 그리고 그 여우들은 안 보면 보고 싶어지는 그리운 여우가 되었습니다.

이제 그 많은 '여우랑 여우랑' 손잡고 노을 진 고개를 함께 넘어 갑니다. 날은 더 어두워졌는데도 고개 넘기가 혼자일 때처럼 그렇게 두렵고 외롭지만은 않습니다. 함께 가는 길이 편안하고 든든합니다.

−2016년 봄에

전정예

| 차례 |

2부   길고 긴 이야기

3부　여행객

4부   우리의 12월

1부
따뜻한 겨울

여우랑 여우랑

여우야 여우야
밖에서 부르니

여우가 여우가
안에서 나와

여우랑 여우랑
마주 보고 주절주절

한참을 그리하다
지그시 바라보곤

노을 진 고개를
손잡고 넘어가네

외로운 꼬리
뒤로한 모습이

어릴 적
해 질 녘 보았던

고개 너머
여우 모습 그대로이네

내가 시를 쓰는 이유 1

나는 왜
부끄러운 시를
놓지 않고 쓰는 걸까

하루에도 몇 번씩
나에게 묻곤 하네

늘 외로운 내가
나에게 건네는
한 줌의 위로 같은 걸까

늘 허탈한 내가
나에게 쥐여주는
한 줄의 의미 같은 걸까

아니면
늘 내게 묻는 내가
매 순간 내게 던지는
영원한 문답 같은 걸까

아
모르겠네
내가 시를 쓰는 이유를

내가 시를 쓰는 이유 2

내가 자주 가는
작은 찻집에

내 시집을 한 권
꽂아놓았는데

한 사람이 무심코
내 시집 펼쳐 읽더니

아무도 몰래
눈물 훔치데

그 모습 훔쳐보는
내 가슴 먹먹해지데

아
알겠네
내가 시를 쓰는 이유를

감국은 피어

모든 꽃들이 든든한 뿌리를 자랑해도
가느다란 뿌리로 그냥 버텼지

모든 꽃들이 좋은 자리 다 차지해도
구석진 자리에서 옴처럼 번져났지

모든 꽃들이 추워 얼굴을 묻을 때
작은 얼굴로 망울망울 피어났지

찬 서리 내리는 새벽까지
감국은 피어

인사도 못 하고 서둘러 떠난
모든 꽃들의 작별 인사를 대신하지

겨울 동안 오래 기억될
노오란 그리움으로

너와 함께 있다는 건

내가 지금 여기 있는 건
내 옛날과 고스란히 함께 있는 것
내 부끄러움, 그리움, 아픔, 기쁨
하나도 지우지 못하고

내가 지금 여기 너와 함께 있다는 건
내 옛날과 네 옛날이 만나는 일
내 의미와 네 의미가 서로 말을 거는 일

그러곤
또 하나의 서로의 의미가 되는
또 하나의 지울 수 없는 옛날이 되는
참으로 엄청난 일이지

포옹

서로의
가슴에 가슴을 대고
심장에 심장을 두근대며
체온에 체온을 더하고
어깨에 얼굴을 묻은 채

서로의
등을 두 팔로 감싸준다는 건

생각만 해도
가슴 벅찬 일이지

사람과 사람의
가장 따뜻한 몸짓이지

사람과 사람의
가장 아름다운 모습이지

꽃 닮기

내 마당에 피어 있는
수많은 꽃 중에서

굳이 날 닮은
꽃을 하나 찾아보네

부질없는 줄 알면서도
애써 찾아보네

아,
찾았네
달개비꽃

초저녁잠 많고
새벽에 일어나는 나처럼

저녁이면 일찌감치 아물고
첫새벽에 피어나 이슬 머금는

내가 좋아하는 청보랏빛으로

작고 청초한 꽃잎 세 장

근데,
난 달개비꽃
닮았다면 좋겠는데
달개비꽃이 나 싫다
할까 봐 겁이 나네

아,
힘 없는 달개비꽃이고 싶네

곁에 있게 하려면

곁에 있게 하려면
꽃처럼 꼭
향기가 있어야 해

곁에 있게 하려면
꽃처럼 꼭
말이 없어야 해

곁에 있게 하려면
꽃처럼 꼭
스스로 피어야 해

곁에 있게 하려면
꽃처럼 꼭
혼자도 잘 견뎌야 해

곁에 있게 하려면
꽃처럼 꼭
이별을 각오해야 해

내 곁에
누군가
머무르게 하려면

실재와 부재

봄부터
시작된
꽃들의 색
꽃들의 자태

소란스러웠던
여름의 향연
꽃들이 불러온
벌 나비

가을에
마무리되었던
꽃들의 절제
말없이 스러지는
꽃들의 너그러움

겨울이면
오간 데 없는
꽃들의 실재
거짓말 같은

꽃들의 부재

또렷이
되살아나는
꽃들의 기억

아!
믿을 수 없어
환상임이 분명해
한갓 꿈이었을 거야

작음

동네 골목길에
피어 있는 작은 풀꽃

세상 먼 곳에서 보면
난 풀꽃보다 더 작으리

게다가
풀꽃은 가까이 들여다보면
예쁘기나 하지

다행이다

그대가 사라져 어디로 갔나
했더니
내 가슴속으로 쏘옥 들어왔구나

그대가 안 보여 어디서 보나
했더니
내 머릿속에서 싸악 보이는구나

아
다행이다!

꿈꾸는 그대

꿈을 꾸능가 그대
어디 먼 곳으로 도망가능가

함께 있어도
닿을 수 없고

가까이 있어도
잡을 수 없네

꿈을 꾸능가 그대
숲 속 샘이라도 찾아가능가

잡티 가득한
세속을 벗고

숲 속 샘에서
말끔히 씻어

꿈을 꾸능가 그대
눈에 맑은 샘물 가득 담아 오능가

그리운 사람

눈 오는 날
친구가 그리워
말을 타고 달려간
친구 집 앞에서
눈 위에 이름만 쓰고 왔다고

달 밝은 밤
친구가 그리워
노를 저어 당도한
친구 집 앞에서
마음만 내려놓고 뱃길을 돌렸다고

아,
나도 옛사람들처럼
내 그리운 사람을
이름만 불러보고
마음만 내려놓고
그냥 지나쳐 보내보네

친구 만나고 오는 길

친구 만나고 오는 길은
친구 만나러 가는 길보다
멀다

서로 닿고 싶었으나
닿을 수 없었던 거리만큼

친구 만나고 오는 걸음은
친구 만나러 가는 걸음보다
무겁다

서로 꺼내고 싶었지만
꺼낼 수 없었던 마음만큼

하지만
이렇듯 터벅터벅 걸어오더라도
우린 또 친구를 만나러 갈 것이다

우리쯤 살고 나면
사람의 가슴 한가운데에

박힌 옹이쯤은

말하지 않아도
보이기 때문이다

모과 같은 사람

곱기보다는
투박한 선으로

선명하기보다는
중간 색조로

매끈하기보다는
묵직한 질감으로

달콤하기보다는
텁텁한 맛으로

상처 난 자국들
얼굴에 그대로 담고

그 진한 향기를
우려내어 차로 마시면

속까지 따뜻해지는
모과 같은 사람

겨울 하나

계절이 묵고 있는 내 장롱을 열고
올겨울 낡아진 외투 하나를 묻습니다
겨우내 나를 지켜준 내 몸입니다

잡동사니 쟁여둔 내 저장고를 열고
올겨울 익혀낸 기억 하나를 묻습니다
겨우내 나를 먹였던 내 양식입니다

찬 얼굴 녹이던 그대 가슴을 열고
올겨울 키워낸 그리움 하나를 묻습니다
겨우내 나를 보듬은 내 사랑입니다

아직 녹지 않은 언 땅을 파고
올겨울 함께한 겨울 하나를 묻습니다
겨우내 나를 데려온 내 시간입니다

봄 하나

말수 적던
울 엄니
봄날 꽃 앞에만 서면
말이 많아지셨지
"곱기도 하지, 요렇게 이쁜 게 어디서 나왔을까?"

꽃이
지기라도 하면
"아이고, 가는구나. 내년에 또 오거라"

어느 해부턴가는
"이 좋은 날을 내 몇 번이나 더 볼 수 있을꼬?"

오는 봄
가는 봄
애틋해하셨지

나 알지
동짓달 추운 날서부터
꽃들이 울 엄니 만나려고

얼마나 일찍이 준비하였는지

칼바람 스미는 언 땅에서도
오로지 울 엄니와 맺은
굳은 언약만 생각하고
얼마나 꾹 참고 버텼는지

그런데
그 좋은 봄날 끝내
약속에 못 나타난 건
울 엄니였지

울 엄니 봄날 같은
내 봄 하나가
올해도
또 지나고 있네

겨울이 그리운 것은

추운 겨울이 그리운 것은
두툼한 외투 때문이지
그 외투 속에
언 얼굴을 꼬옥 묻을 수 있지

추운 겨울이 그리운 것은
기다란 목도리 때문이지
그 긴 목도리로
시린 목을 둘둘 감을 수 있지

추운 겨울이 그리운 것은
따뜻한 장갑 때문이지
장갑 낀 손에
뜨건 군밤이라도 쥐면 더 따뜻해지지

추운 겨울이 그리운 것은
방울 달린 털모자 때문이지
털모자 방울 위에
하얀 눈 앉으면 커다란 눈방울이 되지

추운 겨울이
그리운 것은
이런 모든 것들이
그립기 때문이지

따뜻한 겨울

찬 바람 쌩쌩 불면
우리도 씽씽 걷고

산속 추운 짐승들이 서둘러
따뜻한 동굴로 찾아들듯

우리도 얼른 집으로 들어와
창문에 덧문까지 내리고

따뜻한 은신처 되어주는
내 집에 더없이 감사하지

그리곤
따뜻한 찻물을 끓이며
그리운 이에게
따뜻한 안부를 전하지
"날씨가 정말 춥죠?"

그래서
추운 겨울이면

우린 사실
더 따뜻해지는 거지

2부
길고 긴 이야기

달걀 두 알

새끼들 떠나고
뻥 뚫린 둥지에
이젠 딱
둘만 남았으니

더 이상
빠져나가기 없다고
그건 반칙이라고

둘이서 날마다
서로 으름장이네

두 사람
오늘 아침도
달걀 프라이 가지고

자기가 만든 게
훨씬 더 예술이라고
끝까지 우기네

속으론

그 두 사람

아침마다
달걀 두 알만
깨뜨릴 수 있어도

더한 행복은
바라지도 않는다고
중얼대며

내,
참,

그리도
찾아 헤매던
행복이

이리도
작은 데
있었단 말이야?

내 남편

1
까다로운
나를 만나
평생을 고생한
내 남편

나, 늘
남자의 미덕은
너그러움이라고
주장하며 살지

2
나
꽃같이 순결한 나이에 낚여
평생을 꼼짝 않고 살아준 것
고마워하라고 으름장 놓으면서

내 남편이
누구는 그런 나이 아니었고
누구는 꼼짝하고 살았냐고

따지려 들면
어림없는 소리 말라고
큰소리치지

3
나
갑자기 오늘은
삼겹살에 소주를
한잔하고 싶다고
변덕을 부리면

내 남편
내가 차려주는
집밥 먹고 싶으면서도
흔연히 따라나서고

오늘은
삼겹살이 참 맛있다고
소주가 유난히 잘 받는다고
너스레를 떨지

4
나
미안한 마음은 있어
내 죽거든 절대로
혼자 살지 말고
나보다 훨씬 착하고
예쁜 여자 만나서
행복하게 살다 오라
진심으로 당부하면

내 남편
아주 정색을 하고
꼭 이런 이런 여자 만나서
살다 가고 싶다 해서 들어보면
웬걸! 딱 나네

그러니
우리 아이들
왕짜증 닭살이라고
고개 살래살래 흔들지

5
우리
서로의 발등에
기름 부어가며
불같이 싸우기도 하였건만

아
지금은
힘없이 늙은 우리여

우리가 바라는
딱 한 가지는
둘이서 손 꼭 잡고
한날한시 함께 가는 것

그리 안 될까 봐
나, 미리부터
이렇듯
눈물이 나는 것
아닌가

이 아이들이 사는 법

연극을 전공한
여자아이와

철학을 전공한
남자아이가

결혼해
살림을 사는데

학교 앞
오래된 작은 집에

조촐하게
방을 꾸미고

학교와 집을
왔다 갔다 하면서

적게 갖고
적게 쓰며

많이 읽고
많이 사랑하며

어릴 적 만났던
그 모습 그대로

연극처럼
철학처럼

참
예쁘게도 살더라

우리 아줌마

우리 집을
20년 넘게
드나들면서도

얼굴빛 한번
나쁘지 않은
우리 아줌마

몇 년 전
꽃 같은 딸을 중환자실에서
오래 지켜보다 잃었을 때도

또 얼마 전
하늘 같은 남편을 잃었을 때도

그 남편,
중환자실로 가자는
의사 말에

화들짝 놀라

링거 줄 다 떼버리고
집으로 줄행랑친

그날 밤
집에서 숨을 거뒀지

우리 아줌마
그 남편 영정 앞에서

"고맙소. 나 고생 안 시키려고 쉽게 가버렸지요? 내 다 아요. 나
열심히 살다 꼭 그 옆으로 갈 테니, 먼저 간 우리 딸 꼭 찾아 그 옆
에서 아무 걱정 말고 마음 편히 기다리쇼. 다 이것이 우리 팔자 아
니겠소?"

삼우제 마치고
우리 집에 들어선
우리 아줌마

그날도
얼굴빛이 좋았다

동네 풍경

나 어릴 적
살던 동네엔
이사 간 곳마다
미친 여자 하나와
거지 남자 하나가
꼭 있었어

다리 밑에
천막을 두르고
누더기와 까만 때를
입고 살았지

짓궂은 아이들
그들에게
돌팔매질해대곤 했어

해거름
식구들 저녁 먹고 나면
우리 집 대문 밖엔
그들이 서성이고 있었지

울 엄니
넉넉지 못한 살림에도
그들을 들여
마루에 앉히고
꼭 상 차려 먹였지

난 지금도
내가 이만큼 사는 게
다 울 엄니 그 음덕이라
생각해

아니,
그 불쌍한 사람들의
갚음이라 생각해

울 엄니 손

아침에 국그릇 옮기다
뜨건 국물에 손가락을 데었어

한참을 화끈거리며 아프데
참, 고까짓 것 가지고

울 엄니는 뜨건 놋쇠 그릇에
담아내도 끄떡없으셨는데

온갖 궂은일 다 한 울 엄니 손
나무거죽처럼 딱딱하고 거칠어져
그대로 유용한 도구였지

가려운 내 등도 그 손바닥으로
슬슬 쓸어주시면
그렇게 시원할 수가 없었어

그 손으로
좀 게으른 울 아버지와
그 많은 딸년들 다 건사하셨지

아마
이런 손을 가진 나와는
삶에 대한 의미와 해석이 달랐을 거야

설떡 돌리기

1

설이라도 쇨라치면 그야말로 분주한 까치설날
집집마다 떡 만드는 일이 가장 큰일이었어
울 엄니 동그란 큰 상에 콩가루 쫙 뿌리고
절구에서 쳐댄 뜨거운 찰떡 반죽을 상에 척 펼치지
그 위에 다시 콩가루 듬뿍 입히고 칼로 잘라 또 콩가루에
소복이 굴리면 고소한 냄새 확 풍기는 콩떡, 쑥떡이 되지
울 엄니 손길은 말없이 바쁜데 내 눈엔 그것이 얼른 만들어
이웃집에 빨리 돌리려고 그런 것 같았어
함지박에 보기 좋게 담아 부리나케 내 이름을 부르시지
난 울 엄니 손길에서 눈을 못 떼고 두근두근 대기하고 있다가
잽싸게 받아 가슴 콩닥콩닥 뛰며 동네 떡 배달을 가곤 하였어
부지런한 울 엄니 늘 제일 먼저 떡을 돌려야 직성이 풀렸지
내가 떡을 다 돌리고 난 한참 후에야 똑같은 떡들이
집집에서 우리 집에 배달되었어
환상의 콤비인 울 엄니랑 나는 느긋이 웃으며 떡을 받곤 하였지

2

추운 겨울 오면 집집마다 김장하는 일이 또 큰일이었어
부지런한 울 엄니 또 김장 김치 빨리 돌리느라 더 큰일이었지

근데, 나 울 엄니보다 더한 임자를 만났어
딸을 시집보내니 사돈이 생겼는데
그 안사돈 첫해부터 묻지도 않고
언제 보낸다는 기별도 없이
정월이면 찰떡이랑 콩가루 해서 한 박스,
김장철이면 김장 김치 한 박스씩 척 보내데
나, 손 크고 정 많은 안사돈 덕분에
아침이면 고소한 찰떡 굴리느라 바쁘고
김치가 많아져서 나눠 먹느라 바쁘네
나, 사돈 사는 곳이 꼭 내 고향 같고
안사돈이 꼭 울 엄니 같네
우리 영원한 맞수끼리 이러면 안 되는 것 아닌가

용기

어느 날
못 본 지 50년쯤 된
오랜 친구로부터
갑자기
소식이 왔어

20여 년 전에 첫 출간 된
내 책을 사진 찍어서

올 66세 나이에
대학에 들어갔는데
내 책이 교재더래

그 친구 반가워서
어쩔 줄 몰라 하데

아,
그 책 쓰기를
잘했구나!

친구여
그 나이까지
간직해온
그대의 용기가

느려진 내 심장을
짜릿한 충격파로
빠르게 진동시키네

나
열심히 살아야겠네

길고 긴 이야기

어느 날
25년쯤 된
내 논문 때문에
은사님으로부터
갑자기 연락이 왔어

그 논문 주제로
나와 은사님이

얼마나
뜻을 달리했는지
얼마나
오랫동안 논쟁했는지
아는 이는 다 알지

그 은사님
연구해보고 또 해보니
내가 옳은 것 같다고
갑자기
전화로 고백하시네

참,
삶이란
끊임없이
길을 찾아가는
길고 긴 이야기로구나

별 달기

1
우리 아이 어렸을 적
이사한 집 아이 방 천장엔

전에 살던 아이가 붙여놓은
야광 금빛 별 스티커가 있었어

우리 아이
깜깜한 밤이면 천장에서 나오는
그 별빛들 보고 잠이 들었지

2
우리 아이 커서 시집가고
하룻밤엔 그 아이가 그리워

아이 빈방에 들어가 누우니
아이는 옆에 없고

아이가 붙여놓은 푸른빛 별들만
깜깜한 천장에서 반짝이고 있었어

3
우리 아이가 아이를 낳고
이사한 아이들 방에 들어가 보니

세상에나!
아이들의 밀약처럼 그 방에도 전에 살던
아이가 붙여놓은 은빛 별들이 숨어 있었어

아,
우리 아이의 아이들도 또 밤이면
그 별빛들 보고 잠이 들겠지

민낯으로 대면하기

꺼내놓고 보면
삶의 때 덕지덕지 묻어 있어
어쩔 수 없이 초라해 보이는
이삿짐처럼

치장해 내보이면
곤궁함이 근근이 배어 있어
감출 수 없이 더 드러나는
사람의 가난이여

왁자한 결혼식장에서
가난한 집 신부가
그 어머니 보고
자꾸 눈물 훔치네

신부여
울지 마소
삶이란 어차피
웅성대는 이 사람들 다 떠나고

오늘 밤
거울 앞에서
그 진한 화장 다 지우고
민낯의 얼굴로
조용히
대면해야 하는 것 아닌가

동남아 소녀 2

눈이 까맣고
몸이 가벼운
동남아 소녀야

적은 돈 내고
군살 앉은
뻣뻣한 내 몸
네 앞에 누이니

뼈 마디마디
몸 구석구석
온몸으로
펴고 주무르네

마냥 열심인
네 얼굴 훔쳐보니
눈을 맞추며
하얗게 웃네

소녀야

작은 네 앞에서
나, 부끄럽고
마냥 미안하구나

가는 비

중학교 1학년 때
처음으로 영어를
가르쳐주신
키 크고 멋진
영어 선생님

처음 부임하여
운동장 단상 위에
오르던 날
그날도 이렇게
가는 비 내렸었지

그 선생님
회색 양복에도
하얀 가는 비
줄무늬 그어 있었지

그때부터였을까?

가는 비는

내 막연한
그리움의
대상이 되었지

옛 친구

친구는 묵을수록 좋다더니 정말 그렇데
요새는 친구들 여럿이 하는 카톡방이라는 게 있어
이른 아침부터 한 친구가 선뜻 "카톡" 하고 말을 걸어오면
내가 아니더라도 누군가 꼭 다정히 대꾸해주데
한 친구가 소식이 뜸하면 꼭 안부를 물어 챙겨주데
또 한 친구가 불현듯 가물가물한 기억을 더듬을라치면
저마다 간직한 편린들을 꺼내 그 기억을 완성해주데
함께 추억하는 것만으로도 마음이 그냥 따뜻해지데
맞아, 우리가 그 옛 시간들을 함께했던 걸세
그래서 우리가 옛 친구인 걸세

아! 생각나네

아! 생각나네, 그 이름 들으니
맞아, 봄 학기 막 시작되어 아직 쌀쌀했던 개강 첫날
문학 수업 끝나고 한 남학생이랑 필요한 책들을 구하러
청계천 헌책방들을 칸칸이 쓸고 다닌 후
종로3가 피카디리 극장 옆 사르비아 다방
지칠 대로 지친 우리는 그곳에서 커피를 마셨지
다방 주인이 커피에 위스키를 몇 방울 떨어뜨려주었고
그 남학생이 내 커피 잔에 설탕을 한 스푼 넣어 저어주었지
아! 그 맛이 얼마나 따뜻하고 감미로웠던가
다 생각나네, 45년 전 그 남학생이네
생각해보니 나도 그런 시절이 있었네
난 그런 게 영화에나 있는 줄 알고 여태 살았네

젊은 날의 초상

지금은 중국 관광객으로 꽉 찬 명동 길
나 젊을 적엔 대학생들이 득실대던 거리였지
강의가 끝나면 할 일 없이 명동으로 나가
어슬렁거리곤 했었지

돈 없던 우리는 긴 식빵 한 봉지를 사 들고
'설파'니 '훈목'이니 하는 클래식 음악다방으로 가
다방 레지 언니 눈치 보면서
커피용 설탕을 식빵 사이에 털어 넣고
설탕 샌드위치를 만들어 한 끼를 때우며
커피 한 잔을 당당히 주문하고
가능하면 천천히 천천히 마셨지

그야말로 커피 한 잔으로 하루를 버텼지
어두워질 때까지 음악을 듣다
친구 짝사랑 이야기나 들어주다
아쉽게 아쉽게 자리를 떴지
그때 우리는 얼마나 한가하게 살았는지
요즘 테이크아웃 커피는 상상도 못 했지

어느 날은 그러다
운 좋게 함박눈을 맞이하기도 했지
와, 어디에 다 널브러져 있었는지
우르르 모두 밖으로 나와
삽시간에 길바닥을 가득 메우고

생전 보지도 못한
파리의 몽마르트르 언덕을
샤갈의 눈 내리는 마을을
상상하며, 그리워하기까지 하며
눈 내리는 명동성당 언덕길을
줄지어 오르곤 했었지

아, 이런 광경이
내 젊은 날의 초상으로 각인될 줄은
나, 그때는 꿈에도 몰랐지

소녀와 할머니

손주를 키우는
할머니가
오랜만에 나가는
동창 모임에

할 수 없이
손주를 데리고 나갔다

만나는 친구들마다
서로
"어쩜, 넌 그때 그대로니?"

집에 돌아온
손주 녀석
"할머니, 할머니는 그때도
이렇게 늙었어요?"

할머니는
큰 소리로 대답했다
"이놈아,

할머니는 지금처럼 그때도
소녀였다"

사과나무 집 할머니

시골길을 지나다
사과나무가 있는 집을 보았네
마루에서 할머니가 우리더러
들어오라, 들어오라 손짓하데

들어가니
앉으라, 앉으라
한사코 손을 잡데

그러곤 얼른
뒷산 사과나무에서
사과를 따다가 우리를 먹이며

큰아들, 작은아들 이야기
줄줄이 늘어놓으며
우리를 한없이 붙들데

어지간히 들어주고 나서려는데
한사코 더 놀다 가라고
사과를 또 따러 가려 하데

뿌리치고 나오는데
가슴이 찡하데

어머니와 아들
– 한 아름다운 청년의 죽음에 관하여

1
어머니 생일에 태어난 아들은 언청이였다
아들은 좀 슬펐지만 아름답게 자랐다

아들은 어머니 생일에 선물을 못 해봤다
어머니 생일에 태어나 어머니를 슬프게 한
자신이 죄스러워서

2
다 큰 아들은 한 어린 소녀를 구하려다
달려오는 차에 치여 소녀 대신 산화했다

어머니는 그날 아침부터 갑자기
심장이 달라붙는 통증으로 하루를 떨다가
저녁에 아들의 전갈을 받았다

3
목숨 같은 아들을 잃은 어머니는
자신이 살았는지 죽었는지도 분간 못 하고

집안 구석구석 아들을 찾아 떠다니다
마당 가득한 수백 송이 꽃 앞에서 혼절했다

4
그 많은 꽃들은 그날 아침
아들이 부친 꽃 배달 생일 선물이었다
그동안 못 보낸 꽃송이들을 다 모은

어머니 생일에 나고 또 돌아간
아들의 꽃송이들을 하나씩 하나씩
심장에 꽂으며 어머니는 통곡했다

5
아,
절명의 순간에
간절한 사이에 흐르는
이 텔레파시라는 것!

울 엄니 가실 때에도
지구 반대편에 있던 나에게

하루내 감지되었던 이것!

이를 전달하고
주관하는 존재는
과연 누굴까?
아니면 무엇일까?

3부
여행객

여행객

우리는 왜
떠나고 싶어 하는가
낯선 여행객은 왜
우리를 설레게 하는가

오늘 아침도
일상으로 문을 연 호텔 로비가
낯선 여행객들로 한껏 설렌다

아,
나도 떠나고 싶다
뜻밖에 떠나
문득 돌아오고 싶다

그들이 찾아온 이곳에서
그들이 떠나온 그곳으로

바퀴 달린 여행 가방
드르륵드르륵 소리 내어 끌며
나 또한 그곳서 마음 설레는
낯선 여행객이고 싶다

모로코 골목길

가도 가도
끝이 없는
골목길

천 년을
넘어온
몇천 개의
좁디좁은
돌담 골목길

들어서면
쉽게는
나올 수 없고

길을 찾아
들어가도 금세
길을 잃는

혼돈의 미로
페스의 골목길

생각해보면
우리가 살며
걸어온 길도
이처럼

길고 좁은
혼돈의 미로가
아니었던가

골목길 위로
파란 색종이
오려 붙인 듯한
새파란 쪽 하늘

그 하늘길
그 파란빛
아니었으면

난 아마

이 골목길에서
실신하고
말았을 걸세

오르비에토

천천히
느릿느릿
단순함이
아름다운
오르비에토

골목길이
이웃이
노인들이
삶의 원형인
오르비에토

작은 집
작은 가게
작은 차
온통 작은
오르비에토

왠지
삶이

장난감처럼
쉬워 보이는
오르비에토

리스본 항구에서

아무래도
황량한
리스본 항구

땅끝에
박혀 있는
"세상의 끝"이라는
팻말 때문일까

땅끝에서
바다로 나가
돌아오지 못하고
절명한 남자들 때문일까

절벽에서
망망한 바다만
날마다 지키다
절망한 여인들 때문일까

항구에서

떠나는 검은 밤배에
영혼마저 던져버린 여인들이
절규하는 파두 가락 때문일까

알람브라의 추억

지중해의 햇빛이 마지막 흰빛을 모아 그 정점을 찍는
눈부신 그라나다여

죽어서 하늘 갈 때 타고 오를 담벼락으로 높이 키우는
짙푸른 사이프러스여

곡선 하나 없는 직선만의 끝없는 반복으로 인고해낸
탄성의 알람브라여

아, 그곳서
맨발을 드러낸 채 얼굴을 맨땅에 묻고 간구하는
헐벗은 무어인들이여!

바라나시

죽어서야 도달하는 바라나시여
삶보다 죽음이 일상이 되는 바라나시여

삶이 그 무엇보다도 참혹한 바라나시여
성자보다 걸인의 눈빛이 절실한 바라나시여

영혼이 한 줌의 재가 되는 바라나시여
육신보다 영혼을 보게 하는 바라나시여

아! 그리고
이 모든 걸 갠지스 강에 함몰시키는 바라나시여
모든 게 하나의 흔들리는 물결이 되는 바라나시여

어느 밤하늘 아래

뉴질랜드 산골 마을에 숙소를 정해놓고
공항에서 차를 빌려 타고
무수한 양 떼들의 무뚝뚝한 인사를 받으며
저녁노을이 질 때쯤에야
작은 산속 집에 도착할 수 있었어

주인 부부는 산꼭대기까지 찾아온
우리를 반가이 맞이해주고
꽃이 많은 정원과
우리가 머물 방을 구경시키고는
잘 구운 고기와 맛 좋은 와인으로
좀 늦은 저녁을 정성껏 대접했지

부부는 작은 산을 하나 사서
마음먹은 대로 직접 집을 짓고
꽃 심고, 연못 만들고, 산책 길 만들고······
천천히 몇 해를 두고 하나씩 하고 있었어

밤이 이슥해져 아쉽지만 밤 인사를 하고
이 층 방으로 올라 잠자리에 누웠는데

세상에나, 놀랍게도
천장에서 별이 무더기로 쏟아지고 있었어
그 집 지붕에 큰 유리창을 달아놓고
하늘의 별들을 그대로 들이고 있었어

하늘이 비좁다며 별들이 따닥따닥 붙어 있었어
이런 밤에 어떻게 그냥 잠을 잘 수가 있겠어?
다시 마당으로 나올 수밖에
세상에나, 그곳에는
마당 가득한 꽃 수국들이
하늘 가득한 별빛들을 받고
하얀 낙원을 이루고 있었어

하늘 가득 별들
마당 가득 꽃들

난 그날 밤
그 밤하늘 아래 서 있는 것만으로도
내 인생을 축복해주었어
태어나길 잘했다고

안 태어났으면
어떻게 이런 광경을 보겠느냐고

청산도

애끓는
남도창을
굽이굽이
황톳길에
깔아놓고

천천히 살라고
느릿느릿 살라고
여기저기
팻말을
묶어놓고

바다 내음
솔 내음
흙 내음
꽃 내음으로

내
발길을
잡아 묶는
청산도여!

소쇄원

번잡한 세상을 떠나
맑고 깨끗하게 살고저
스스로를 소쇄공이라 이름하고

맑고 깨끗함을
자연에 묻고 자연에 들어
소박한 조선의 뜨란을 지으니
그 이름도 소쇄원이네

개울 옆에 자리하여
흐르는 물에 모든 것 깨끗이 씻어내며

푸른 대나무 심어
댓잎에 이는 맑은 바람 소리 밤낮으로 듣고

텅 빈 달집 지어
밤이면 빈 마루 둥근 달로 가득 채우며

맑고 깨끗하게 비우며
살다 갔으리

아!
이름처럼 살 수만 있다면
나도
그런 이름 짓고 싶네

상암동 하늘공원

상암동에서
지하철을 내려
하늘공원 가는 길

지하철 계단서부터
막막한 하늘만
보고 오르더라

난
사랑한다
이렇듯 하늘만 들인
계단을 만들 줄 안
그 사람을

또
하늘만 들여놓느라
나무 하나 없이
드넓은 하늘 억새만
끝없이 심어놓고

또
노을만 들여놓느라
나무 하나 없이
텅 빈 잔디만
끝없이 펼쳐놓고
팻말을 세웠더라

"이곳이 서울에서
가장 아름다운
저녁을 볼 수 있는
공간입니다"

아
이런 곳에서
노을을
맞이하고 싶다

아니
그 노을이고 싶다

4부
우리의 12월

가을 저녁

가을 산이 아름다운 건
말없이 떨어지는 단풍잎 때문이지

저녁 하늘이 아름다운 건
끝까지 타고 지는 붉은 노을 때문이지

우리가 맞는
이 가을 저녁

나뭇잎 지는 산에 들어가
떨어지는 노을 바라보며

그 아름다움을
배워야 하리

가로수 은행나무는 왜

가로수 은행나무는
왜

늦가을
비 오고
바람 부는 날

진노랑 잎
길바닥 이리저리
수북이 뒹구는 날

꼭
그날에 와서야
눈에 들어오는 걸까

더 보고 싶어도
더는 볼 수 없는
계절의 끝 날에야

우리의 12월

나뭇잎 물들기 시작하던 10월서부터
우리의 12월은 벌써 시작되었지

물든 잎 하염없이 떨어지던 11월엔
우린 이미 12월의 절정에 있었고

나뭇잎 다 지고 흰 눈 내리는 12월이면
우리의 12월은 정작 끝나고 없지

겨울바람 소리

보이지도 않는 것이
아무 데도 없는 것이

휘몰아치는 소리는
무엇으로 내는가

녹슨 쇠파이프의 거친 통관 같은
목쉰 노파의 울부짖는 비명 같은

모든 사라지는 것들이
함께 지르는 함성 같은

모든 사라지는 것들이
몰아쉬는 마지막 숨결 같은

어디에선가 시작되어
어디론가 사라지는 겨울바람이

언 하늘에 대고 소리를 지르네
사라지기가 왜 이렇게 어렵냐고

내 맘과 내 몸

울 엄니
앉고 설 때마다
"아이고, 아이고" 하셨지
왜 저러시나 했더니

나도
울 엄니 그 나이 되니
그 소리 절로 나오데

평생을
달고 다니며
내 맘대로 부려먹은
내 몸이
힘들다고 내는 소리네

내 몸이 내 맘과
떨어지려는 소리네
헤어지려는 소리네

난 여태

내 맘과 내 몸이
하나인 줄 알았는데

끝까지 같이 갈
하나인 줄 알았는데

이제
내 몸이
내 맘대로 안 되네

근데, 난
내 맘일까
내 몸일까

국밥 한 그릇

찬 바람 으스스 불고
속은 비어 헛헛한데

옷깃으로 애써 가리고
잔뜩 움츠려 걷노라면

뜨끈뜨끈한 국밥집 하나
찾아 얼른 들어서고 싶다

까만 무쇠솥 위로 하얀 김
무럭무럭 솟는 그곳에서

왁자지껄한 사람들 틈에 끼여
뜨거운 뚝배기로 속을 꽉 채우고

무쇠솥 뜨건 김에 온몸을 쏘여
주눅 든 내 몸의 세포가
하나씩 하나씩 다 살아나면

어깨 쫙 펴고

상쾌하게 찬 바람 맞으며
국밥집을 나서고 싶다

오래된 얼굴

이쯤 살고 보니
만나는 얼굴마다
오래된 얼굴일세

우리가 만난 지도
어느새 40년이나 되었다고?

아직도 처음 만났을 적
새파랗게 젊던 얼굴
고스란히 생각나네

그땐 저마다
못나도 잘난 척
없어도 있는 척

서로가 서로에게
새파란 경쟁자 아니었던가?

근거 없는 자신감과
젊음 하나를 가지고

무작정 이기고
위로 오르려만 했지

이젠 저마다
지나온 세월 속에서
만만찮은 세상 구경
톡톡히 하고 내려온
곰삭은 얼굴들

서로 지그시 바라보며
아파도 안 아픈 척
안 괜찮아도 괜찮은 척
하자고 눈짓으로 당부하네

나무에서 떨어진
나뭇잎들이
나무 아래 모여
얼굴 대고
서로를 위로하듯

게임의 법칙

가위를 내겠다고 말하고
가위 − 바위 − 보!
(순진한 척)
가위를 냈다

그가 주먹을 냈다
졌다

.
가위를 내겠다고 말하고
가위 − 바위 − 보!
(한 번 굴려서)
보를 냈다

그가 가위를 냈다
졌다

가위를 내겠다고 말하고
가위 − 바위 − 보!
(한 번 더 굴려서)
주먹을 냈다

그가 보를 냈다
졌다

배우기

강물이 바위에 부딪히면
깨어져 부서지는 법을 배우듯

우리도 된서리 맞으면
아프게 비우는 법을 배우데

그런데
배우고 또 배워도
비우기는 늘 어렵데

숨

어머니 뱃속에서 숨을 탄다는 건
꿈같은 전설을 모두 다 듣는 일

탯줄을 끊고 첫 숨을 내쉬는 건
세상을 향한 두렵고 외로운 첫울음

젖줄을 빨며 숨을 들이마시는 건
모성의 모든 걸 송두리째 마시는 일

아이와 함께 숨을 고르는 건
하얀 소망을 소롯이 얹어주는 일

아,
태곳적 원시의 샘물로
처음으로 숨을 탄 이가
가슴 졸이며 전해준
한없이 가녀린 우리네 이 숨결!

어리석음의 시작

아이들에게
마음의 양을
묻곤 했었지

"넌 엄마가 얼마큼 좋아?"
"하늘만큼"

"엄마는?"
"하늘만큼, 땅만큼"

"넌?"
"하늘만큼, 땅만큼, 바다만큼"

"엄마는?"
"하늘만큼, 땅만큼, 바다만큼, 우주만큼"

내 아이들에 대한
나의 끝없는 어리석음은
이렇게 시작되었지

흐르는 강물처럼

아이가 커서
아이를 낳고

그 아이가 커서
또 아이를 낳고

강물이 아래로
아래로 흘러가듯

사랑도
아픔도
아래로만 흐르네

뭘 원망하랴
우리 모두가

그렇게 흘러왔고
그렇게 흘러가는

강물인 것을

부끄러운 모성

아이들 앞에서
어머니는

이 세상 누구보다도
어리석고

아이들 앞에서
어머니는

이 세상 누구보다도
부끄럽네

그래서
내내 몰래 흘리는
어머니의 그 숱한 눈물은

아무 곳에서도
보상받지 못하는
영원한 바보의 눈물이네

보이지 않는 뿌리

봄에 하나의 꽃 싹을 올리려면
뿌리는 초겨울부터 서둘러
흙 속 깊이깊이 내려가야 해

하늘 새 한참을 앉았다 가는
나뭇가지 하나를 마련하려면
뿌리는 몇 년을 땅을 뚫고
땅속 깊이깊이 뻗어가야 해

내가 세상에 이렇게 서 있으려면
날 사랑하는 이가 흘린
숱한 인고의 눈물이
내 속 깊이깊이 자리해야 해

세상의 모든 존재는
보이는 것보다 몇 배 깊고 큰
보이지 않는 뿌리의 힘이야

우연인가 인연인가

우리가
인연이라고
꽉 붙들고 있는 이건
어쩜
그냥 흘려보냈어야 할
우연이었는지 몰라

우리가
우연이라고
그냥 스쳐 지나친 그건
어쩜
소중히 가지고 왔어야 할
인연이었는지 몰라

그런 걸 분간 못 해
우리가 평생을 이렇듯
헤매고 사는지 몰라

사소함 1

살고 보니
소중한 것들을
사소하게 여기며
살았더라고

어느 시인은
열여덟 청춘 때
사랑을
해가 지고
바람이 부는 일처럼
사소하다고 했는데
얼마나 조숙한 거야?

나는
이 나이 되어서야
사소함의 위대함이
조금 이해되려 하니
얼마나
늦은 것이야?

사소함 2

살고 보니
참 고마운 것들을
참 사소하게 여기며
살았더라고

큰일 없이 지나온
수많은 내 날들

세상의 전부였던
내 어머니, 내 사랑

외로울 때 찾았던
내 친구 하나들

언제나 공으로 누린
하늘, 구름, 노을
햇볕, 바람, 눈
꽃, 나무, 산, 바다

난

이 고마운 것들을
당연하고 사소하게
대하며 살았더라고

몰래 운다네

남의 결혼식에서
모르는 신부가
울기만 해도
난 따라서 몰래 울고

남의 장례식에서
모르는 사람이
서러워해도
난 따라서 몰래 우네

어떤 날은
혼자 방에서
꼼짝 않고
울기도 하네

그걸 알면
날 사랑하는 사람
마음 아플까 봐
꼭 몰래 운다네

내게 꼭 물어봐야 할 것

행복해?
응

행복하지?
그래

행복해야 돼!
그러지

누가 뭐래도!
그런대도

아무리 힘들어도!
그런다니까

마지막 편지

어느 순간
나 그대에게
마지막 편지를
쓰고 싶을 때가 있네

죽은 듯한 검은 가지에서 흰 매화가 피어날 때
그 흰 꽃이 점점이 산화하여 땅에 내려올 때
꽃 진 자리에서 연초록 여린 잎이 돋아날 때

그 하나하나가
다 최선이라는
그런 생각이 들 때

하루가 저무는 시간 저녁 하늘을 바라볼 때
그 때 어떤 이가 내 어깨에 손을 얹어줄 때
내 모든 수고가 사라지고 그에게 감사할 때

그 순간순간이
끝이어도 괜찮겠다는
그런 생각이 들 때

나 그대에게
마지막 편지를
쓰고 싶네

내게 남은
가장 소중한 기억으로
나 그대를 향하고 싶네

시라는 것 산다는 것

글쎄,
시가 뭐 그리도 어려운 거겠어?
내 마음이 쿵 하고 우는 거지
그럼
네 마음도 쿵 하고 울리는 거고

글쎄,
사는 게 뭐 그리도 어려운 거겠어?
내가 정을 처억 주면 그만이지
그럼,
네게 정이 처억 흐르는 거고